阿吽文庫Ⅴ

支倉隆子詩集

阿吽塾

文倉隆子詩集

文倉隆子詩集　目次

【後書】

魅惑

Fascination

支倉隆子

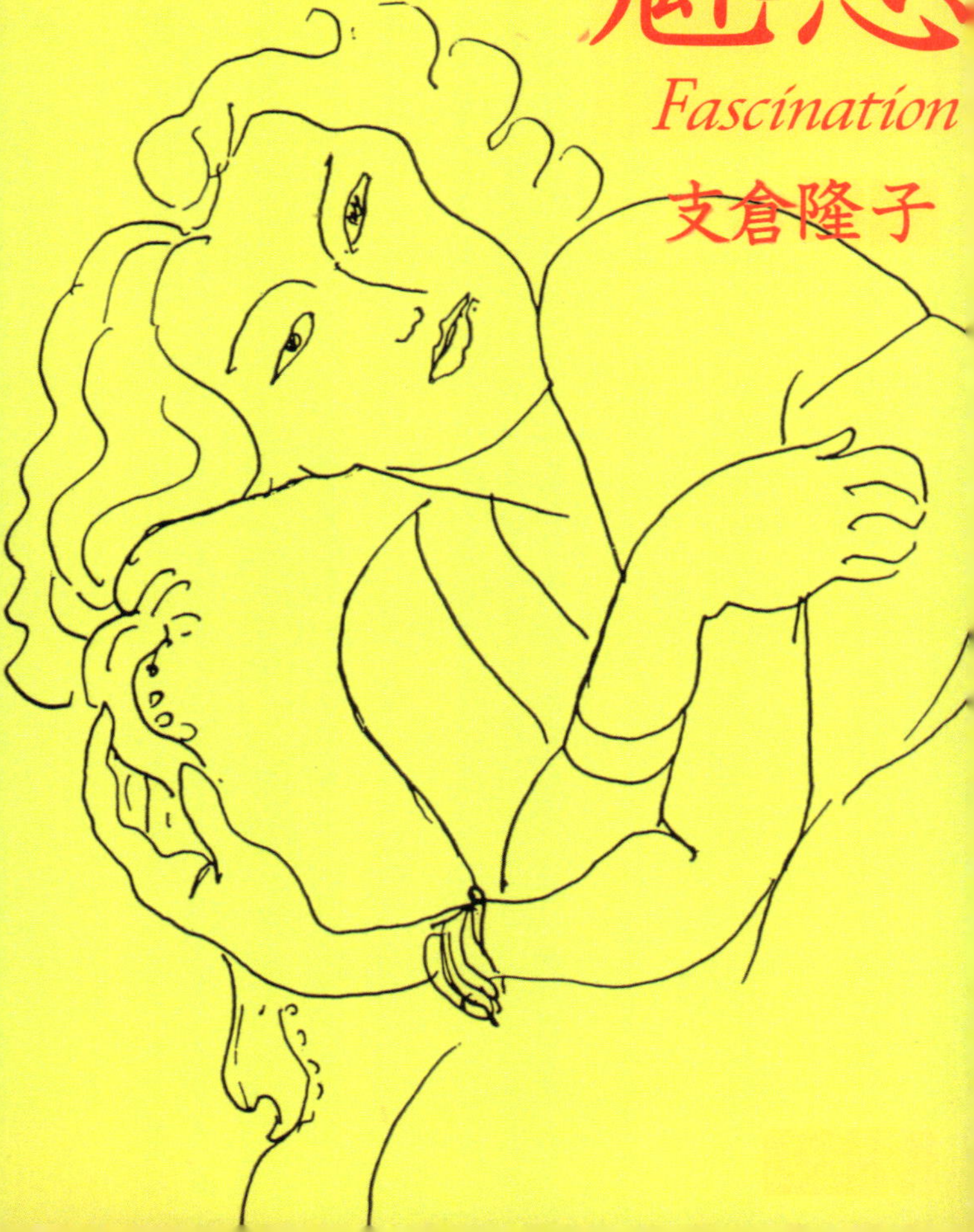

世界 ——栗と苺のある

新聞紙でつつんだ
ひとつかみの熱い栗のように
世界がぬっとさしだされる。
（わたしは黒い目で生きている）
（わたしは黒い目でたしかめる）
まだ濡れている新聞の活字。
できごとの、
熱い、
ひとつぶひとつぶ。
行間で、
悪党が
はぜている。
（悪党も熱い栗だ）

栗ではなやぎ。
悪党ではなやぎ。
さらにまぶしく、
笊いっぱいの熟れた苺を
笊かたむけて
わたしの両手にあけてくれる。
このささやかな落差をなだれおちる、生鮮の、
（溶岩！）
熱くて赤い、熱くて赤い、とふれまわるだろう。
こおどりして
旅芸人の一座もやってくる。
（あの女芸人はほんとうに火をのんだのだ）
それから優しく顔をあからめ
四つ辻に彼女はうずくまる。
苺のひとつぶ。
芸人の一日。

いちにち、いちにち、
栗でにぎわう。
苺でにぎわう。
（別世界より世界がいい）
わたしは黒い目で生きている。

橋本

〈橋本〉がゆーとぴあなんてことがあるだろうか。
ときどき〈橋本〉がつやつやと浮かびあがってくる。
橋本という山間の駅にずぶぬれの貨車がつぎつぎと入ってくる。夜のホームで。
ひろいんの気分で
濡れた貨車をながめていた。

橋本屋旅館は
なで肩の仏たちがならぶ、お寺のまんまえ。
帰りしなに
おかみさんが
米粒をまぶした丸い餅をいくつかつつんでくれた。
〈あられ餅〉という名をおしえられた。

旅館橋本は
むかし、リョートウゲキスの船を浮かべたという池のほとり（いまは、年寄りの
目のように濁っている）
平屋建てで
帳場から顔をだした女のひとは首が長すぎた。
一列にならんだ部屋は襖で仕切られていて
欄間は〈通路〉だった。
ひもかわうどんみたいなろくろっ首がひゅいひゅいと出入りするのを
わたしたち正座してながめていたような気がする。
三つめの〈橋本〉で。

リョートウゲキス　竜頭鷁首

こんど遮断機があがったら

緑陰の遮断機のまえで足ぶみする。
白とオレンジに塗りわけられた小さな遮断機。
（これは、素材だ）
この遮断機はめったにあがらない。
緑陰に車を止め窓をあけ放って運転手は昼寝をしている。
見かけない鳥が遮断機の先にとまっている。尾が長い。
こんど遮断機があがったら
茂みのうしろから自転車をひっぱりだし
（そこに自転車があったということがこの話全体のゆいいつの奇跡だ）
遮断機をくぐって
養魚場へ行こう。
ガタガタと木の橋をわたって
ときどき両手をハンドルからはなしてみたりして。

養魚場の裏口には
泥のついたゴム長とブリキのバケツ。
（新しい素材だ）
バケツの水のなかで何かが動いて
「まぼろしの魚かな？」と
真上からのぞきこむ。
そのあたりから〈人生〉をはじめてみたい。
こんど（緑陰の）遮断機があがったら。

麩

湿地帯の
水面から
ほぉいほぉいと水蒸気がのぼりつづける。春の。
昼に。
死んだばかりのひとが
麩をちぎっては水に投げている。

妙義

川べりの
軒の低い一軒家には
熱愛者が住むといううわさ。
きのこみたいな家だ。
軒下に
干瓢みたいな包帯がほしてある。
男が足に怪我をして妙義から下りてきた。
女は古風な塗りぐすりをさがしている。
ここまで来てしまうと（近すぎて）奇峰妙義は見えないけれど
妙義から
絶えず精気が流れてくる。
ねぎもこんにゃくも大嫌いだけど
（愛ゆえに）

住みついたという男と女のうわさ。
熱愛者の住む（軒のひくい）一軒家が妙義のふもとにあるので
民衆駅のゼロ番線から
そちらの方角をながめるひとには
愛と妙義は混じりあっている。

一日

若い姪が立木のうしろからふらりと現れるだけの朝。

立木のうしろでふきのとうがひとかたまり輝いているだけの昼。

行き暮れて。
若い姪は
ふきのとう。
青白く青白くあこがれる。

ダブダブのパジャマを着て

環状線の小さな駅を降りて
陸橋をわたるとき
向こうからやってくるもの、すべて。
ほら、いつもの小人もやってくるよ。
ズックのカバンを肩からななめにかけて（すれちがいざま）小さいわたしをさらに見あげる彼の目の
角度に
ザクザクとフリージアが咲いている。
（春なんだ）
コビトよ。
わたしもコビト。
ダブダブのパジャマを着るよろこびならかんたんに（共有）できる。
（ふたごなんだ）

（春なんだ）
ダブダブのパジャマを着て。
ダブダブのパジャマを着て。
どこか（できれば）海の見える部屋で
「あの陸橋！」とふたりいっしょにつぶやいたりして。コビトどうしで。

それから、空色のタンク・ローリー。それから、つむじ風。それから、歌。（空
耳かもしれない）
あの陸橋をわたって
こちらにやってくるもの、すべて。

高床式・echo

それ以来
高床式です。
水の上です。
水が増えれば
水を感じる。
静かな静かなるすばんです。
水が減れば
腰布を乾して
静かに静かに待っています。

いつか誰かが帰ってきた

それ以来
高床式です。
別人です。

echo

睡蓮は。
水上生活者。

メード・イン・オハイオ

「メード・イン・オハイオよ」と従姉は言った。
従姉はメード・イン・オハイオで海老と空豆をいためている。
「重たいところが気に入っているの
一生使えるわ」
メード・イン・オハイオのなかで赤い精霊・青い精霊が跳ねている。
「ウチの神器よ」
このくろぐろと重たい神器はオハイオ州のどこかで造られた。
近づくオハイオ！
オハイオの風景！
……オハイオのとうもろこし畑を
……放火犯チャーリーが逃げていく
……チャーリーは跛だ
「なぜ放火犯なの？　なぜビッコなの？」

……チャーリーも精霊なの。
……へんな具合に跳びはねていく。
……大きすぎて目にみえないフライパンのなかを。

夜道をもどりながら
わたしは従姉の台所でしずかに冷えていく鉄のかたまりのことを思った。
（そして、わたしは柔らかい）
鼻面のようなところで
漆黒の闇をさがした。

グッビオ

グッビオが（ガイド・ブックに書いてあるように）緑灰色の町だとわかったのは、
グッビオを離れてからだった。
バスは緑灰色の川にそって走りつづけた。
グッビオが少しずつ溶けているみたいだった。

グッビオよ。
わたしはあなたを置き去りにした。
あなたはそこで静かに磨滅していく。
（すりへった石の家の窓べでねっしんに爪をみがく女）

にわか雨。

ガラス張りの電話ボックスの中で、イタリアの少女たちが五、六人、押し合いへしあいしながら雨宿りしている。どの顔も大きく笑っている。笑い声がきこえないので泣いているように見える、五つ六つのきれいな顔。

通り過ぎるお屋敷の藤の花は満開で……

イタリアの藤は（棚を使わないので）花房をたてにならべるのです。藤の滝です。

イタリアのにわか雨。
イタリアの藤の花。

タント、タント…たくさん、たくさん…カーラジオからカンツォーネは切なく声を張りあげる。
たくさん感じてたくさん生きた幸福な人たち…

わたしも泣きたくなりました。

バスはウルビーノの町に入ります。

船便、という言葉を使いたくなって

（ひとさし指のように　（遠いひとがみえる日
　　　（船便　（という言葉を使いたくなって
（サクランボを船便でおくります　（と書いてしまった
（このサクランボは　（腐りません
（わたしのこころから　（ちょくせつ出荷したので
（このサクランボは腐りません

（ふなぐら）　の　（さくらん）（ぼ）
わたしの　（つぶつぶ）　のつぶやき
（まるい）　ままで　（あかい）　ままで
　　（ふなびん）　でおくります

（わたしのふなびんは赤道をこえて　（すこしかたむき
　（もくてき地についた　（しるしに
　　（ひとさし指みたいに遠いひとが
　（赤…………く染まった

＊

（しゅと圏のみらいは
（ふなびんをふやすことです
…………みらいのたま川をみらいのあら川をみらいのとね川を
灯篭のようにふなびんがながれてくる　女たちはスカートをたくしあげ
ざぶざぶと川にはいっていき　われさきにふなびんをひろいあげる
みらいの……（夏の行事

（夏の終わり
（小さな棚のうえで
（ふなびんがひかっている
（のぞくと
（ふなびんのまんなかで
（遠いひとが
（笑っている

魅惑、という部屋

浮かぶ部屋は
すこし
血をにじませている。
（入り頃です）
（入ってしまえば）
ひとりでいる、賑やかさ。
裸でいる、賑やかさ。
わたしの全身を映すために
水はどのあたりまで来ていますか。
静かに、にぎやかに。

覚え書き

（ルリ色のナイアガラを送ります。
（夜になると光ります。
（夜読んでくださいとは言いませんが……。
（ナイアガラまで小さな足で歩きました。
（そのプロセス、もまた。
（あるいはまた、プロセスこそ。
（涼風！
（塩のテーマ。
（薬指のテーマ。
（養鶏のテーマ。
（小教祖のテーマ。
（彼女はすべてを掬いとるだろう。
（あるいは救うだろう。

（言葉を使いきる日。
（彼女はイディッシュ語で詩を書きはじめた。
（ピュリハイ、ピュリハイ。
（なぜ銀河系かというと銀河系を見たのです。白く輝く川と、白く輝く川原でした。
（その果てに立つ一本のアンズの木。
（それはワタシです。
（もう少しで許しそうだ。
（フルフル。
（鳥語について。
（寸前について。
（何ヲシテイルノデスカ？
（水鳥ヲ水ト鳥トニワケテイルノデス。
（彼女はいきなりだまりこむ。
（微熱。
（スカシユリ。

（糸電話。

（蘭学事始という言葉は結局使いませんでしたが、それは〈切開〉〈静脈〉〈赤血球〉という言葉のむこうに見えかくれしています。

（見えかくれするものに、彼女はこだわる。

（たとえば、未婚の叔母。たとえば、黄色い犬。たとえば、本部。

（無数の、

（見えかくれするもののあいだから、

（或る日、突然。

（ナイアガラは出現する。

（ルリ色のナイアガラを送ります。

グリーン・ドア

わけのわからない映画を見ての帰路。
変に明るい場所に出た。
（希望ヲ捨テヨ）は明るいメッセージだったんだ。
　（天気雨に濡れているわたし）
　塗りたてです。
　半びらきです。
　隙きまから、
この隙きまから、
I knew the strange, strange delight…
（ワタシハ　奇妙ナ　奇妙ナ　ヨロコビヲ　知ッタ）
片手を入れてください。
カフス釦とか手の甲のほくろとか。
小さな突起物のいとおしさ。

（呑みこんでしまいましょうか）
　おお！
わたしのどこかにやわらかい生き物がいる。
（恋情）というカタツムリ……（這うのです）
　這っていって、
半身をのりだす。
（この恋情は新しい）

　あの映画
緑いろなどどこにもなかった
　暗い浜べで
魚の腹を裂いている
　女たち

の
ひとりが
（生グサクテ
（希望ミタイダ
と
つぶやいた
時
から
わけがわからなくなった

（天気雨にぬれているわたし）
（静かに、静かに、歌いだすだろう、
I knew the strange, strange delight…

（奇妙ナヨロコビ）

塗りたての。

半びらきの。

グリーンドアよ

I knew the strange……サラ・ボーンの唄より

one day

そして、或る日。
　薄日がさし。
　ポケットの奥はやわらかく。
　　（まさぐるあいだに）
魔もさして。
（わたしは、ひとり）
　（わたしは、魔もの）
　　迷いこめそうだ。
　迷いたい。
あの森！
　　まぼろしの森だから。
　わたしの森だ。
（せまってくる）

濃緑不安濃緑不安濃緑不安濃緑不安。

……………………………………

怪異の鳥も目をとじて。

（怪異ゆえに彼なのだ、わたしの）

（くちばしは隠しなさいよ）

心音を聴く。

心音を聴く。

one day　魔がさしてしまったから。

one day　きのうより静かだ。

one day　きのうより、濃緑。

one day　きのうより、唯我。

（よどんできたな）

そして、或る日。

（或る日、こそ、魔もの、だった）
強風……。
　吹キトバサレテ。
　ワタシハ喫茶店ノ片隅ニイル。
　白土三平『忍者武芸帳』ヲ読ンデイル。
　　（水棲の忍者もいる）
　　（三つ指の忍者もいる）
　（彼らは思いつめている）
　　　　フィクションからも。
　　　射してくる。
　　　　一条の光に。
　　額《ひたい》を撃たれて。
　　そして。
（もう一度思いつめることから始めよう）
　ふたたび。
或る日……。

古代

平たい顔で平地に住む。
荒れた心が光っている。
　　　鰐。
　　　　鰐っ。
きょうは母親が盥で洗濯をする日。
色物も白物もいっしょくたに洗濯板にたたきつける。
鈴の目はって、家族を無視して。
（実の母だろうか。あれは）
仮りの親だっていい。仮の一日だっていい。
　　　鈴鳴らせ。
　　　　鈴鳴らせ。
襖の富士のブルーの濃淡きわだつ日。
奥座敷を裸馬が駆けぬける日。

色物も白物も洗い場にたたきつけて
母親が出奔する日。
わたしは静かな静かな旅をこころみる。
わたしは国府津から沼津までジェイアール御殿場線に乗りウエハースみたいな冬の富士を目から心へ目から心へとかさねていく。（冷やすこころみ）
あなたも遠い川で馬を冷やしていますね。お母さん。おくれ毛を風になびかせ珍しくものを思い。
（人生はちょうどよい長さ）などと優しいメッセージを流してくる。
四肢萎えて
流し雛のように
静かな旅からもどされる日。

（荒れた心こそ、不思議なはたらき）

きょうはわたしが盥で洗濯する日。
色物も白物もいっしょくたに洗濯板にたたきつける。
鰐。
鰐っ。

自分で生きるカノコユリ

薄い夜具から夜明けにせりだしている（半身）は
（半島）
首から肩への青いカーヴ。
トビウオがいっぴき、目のうらを。
それから、深い息をひとつ。
半身はめざめ。
半島は明るみ。
　　余る光で
　　　サンダルをさがす。
　　　　砂をはらってでかけるだろう。
半島にも三叉路がある。
はにかんで道をたずねる。
……海へ通じる道ではなくて、

「カノコユリの自生地に行く道です」

「自分で生きるカノコユリですか？」

それならば。

瓜畑を通りぬけ。堀割の左岸を行き。海苔工場の裏手で息をととのえ。それから。

ひといきに。裏山をかけのぼる。そうすれば。（自分で生きる）カノコユリの。

群落。


（半島は別の切り口を見せはじめる）

（まぶしい経路）

＊

あの裏山の土のなかには。

（白く）（正しく）

千のゆりのね万のゆりのね。
（何かを守っているよ）
よくもまあ、気も狂わずに。
いいえ、（少し狂って）
おどろきからよろこびへ。
おどろきからよろこびへ。
千のくき万のくきを。
のぼりつめ。
（せとぎわで）
カノコユリに咲く。
カノコユリに咲く。
カノコユリに咲く。

＊

同じ道をとおって
もう驚かないで
薄い夜具にもどってくる
首から肩へのカーヴは、細い月。
じょじょに冷える。

布の感触

泣いたわけではないけれど
ゆうべ小さな布で片目をふいた。

ゆうべの、目の色。
ゆうべの、手の動き。
ゆうべの、布の感触。

ゆうべときょうをやわらかく連結するもの、布の感触。

*

（きょうも暮れて）
使い古した財布を雛鳥のようにつかんで
ドアの内側にしばらくたたずんでいる自分。
（暗くなって）
家並の低い町をあるきながら
片目だけ光らせている自分。

三月生まれ

三月生まれは
　　三月に
　うちあげられた。
センチュリィ
　　というこの島に。

ムラサキが洗われている。
はじまる波はこぶ波くだける波に
蒙古斑のムラサキが洗われている。
（三月の赤んぼうの）ムラサキの眼が洗われている。
　（神聖なムラサキ）
　のなかに小さく小さく小さく折りたたまれている

（めじるしのめ）　（芽）（目）

ひらくだろう。
名のるだろう。
しばらく風に吹かれるだろう。
（つぎつぎと）

〔ムラサキツユクサ〕つゆくさ科の多年生植物。北アメリカ原産。春から夏に、茎の頂に紫の三弁花が群生し、次々と開く。おしべも紫色で、花糸に…

（つゆくさ科）次々と開く。

6月11日　ひらいた。
6月12日　ひらいた。
6月13日　ひらきつつある。つつある。

むかいの（蔦のはった）倉庫の屋上の水色の見張り小屋（たぶん）の平たい屋根に、カラスが二羽。大きすぎる！　なぜ（大きすぎる！）と思うのだろう、と思いながら、ひらきつつある。つつある。

「星阿弥はセイアミと読んでください。ホシアミだと〝漁村風景〟です」などと気のキイた手紙を書いてしまっている自分。〈三月の赤んぼう〉から遠く離れて〈三月の赤んぼう〉もマセてしまった、と嘆きながら、ひらきつつあるつつある。

6月13日　きょう、ゑけ　という囃し詞をおぼえたのです。

（ゑけ、上がる三日月や）

〝ゑけ〟はぐいと。
〝きょう〟をおしひらき。
……裂け目から、涼風。

三月生まれは、ゑけ。
　三月に、ゑけ。
　うちあげられた。ゑけ。
センチュリィ、ゑけ。
　というこの島に。ゑけ。

（国籍　ニッポン）

とらわれて祝福されている。
ニッポン語にとらわれて
ニッポン語に祝福されている。

〈産着〉の〈図柄〉は〈赤んぼう〉の〈背たけ〉ほどもある〈大海老〉

〈うぶぎ〉がうれしい、はないちもんめ。
〈せたけ〉がうれしい、はないちもんめ。
〈えび〉がうれしい、はないちもんめ。

ニッポン語がうれしい、花一匁。

そのうえ（セロリのように）異国語がさしだされ。

チェリーと言ってごらん。
アーチェリーと言ってごらん。
サンクチュアリと言ってごらん。
センチュリィと言ってごらん。

呼吸をととのえ
　異国のひとにむかって

まぶしく巻舌をつかう。
舌先をゼンマイのようにまるめ。

〔ゼンマイ〕〔薇〕ぜんまい科の羊歯植物。若葉がうずまき状に曲がり、綿毛をかぶって根株から群出する。干して…

群出する！
三月の赤んぼうから
（群出する）日々。

痛い痛いとだけ書いてある葉書が舞いこんだ日。夜中に一度だけ鳴る電話。

カモシカの見える駅にカモシカを見に行った日。「居ても、見えない、動かなければ」とガイドは言った。

貯金箱クリスタルに（すべて五百円玉で貯金した場合は、約50万円貯めることができます）五百円玉を点滴した日。〈森羅〉という言葉を繰り返している。

（謎めいて）
かくじつに
増えていく
（ひび）

〈三月の赤んぼう〉から遠くはなれて（かくじつに）死者は増え。

いゝしるいゝいって
もしかしたら
明るい風景？

明るすぎて見えてくる。
うちあげられた日。
三月！
センチュリィという島のどこかで
いっしんに粥をさましているだけの口。

光の王国

（光がさせば、光の王国）

枕木のぜんぶが光っている。

ローカル線の、終着駅（と言うのも気がひける　それでも　驛長室もある　田舎の恋だって　たぶん………）まで、単線の、鉄道の、

枕木のぜんぶが光っている。

「首長竜の背骨みたいね」

「光で洗われるって、ほんとうね」

ひとさし指でひとの背中をなぞっている、光のなか。

べつの光のなかで、ストップウオッチが光っている。
何秒、息をとめていられるか、競争したのは、もっと昔。
米粒みたいに、秒、きらめく。

もっともっと昔の、首長竜の背骨が、そっくりそのまま、
砂漠の中から発見されたって、
「昨夜の新聞に書いてあった」

砂の上に　並んだ　背骨の　ひとつ　ひとつ　の　ように
枕木の　ひとつ　ひとつ　が　新しい光　に　曝されて
全長２７キロの　ローカル鉄道は、
（いま、発見されている）
（いま、発見されている）

そう、それだけのことだから、単線単純単線単純単線単純と、
光の中を、二両列車は走る。

（沿線は、光でいそがしい）

農道に（少しかしいで）乗り捨てられているオートバイの
輝くサドル。

線路脇に、立方体に積みあげられて、廃材が日を浴びている。

農業用水路の静かな水。
ヨースイロにかかっている、小さな橋のそり。

グンマの裏絹
五十嵐らんちゅう養殖所
ミヤコ消毒

三月八日はミツバチの日

ていねいにローカルな広告をひろっていくと

ウツイケンシハシンケイツウ

「ね、上から読んでも下から読んでもおんなじでしょ。（女生徒が話している）。宇津井健氏は神経痛」

おなじ光の中でいっしょに笑う。笑う口のなかで、るる、るる、うがい水のように、光が回転する。

光で洗われるってほんとうね。まぶしくってまぶしくって、軽くなりそう。ふわっと、終着駅（と呼ぶのも気がひける）に降りる。水飲み場のバケツのへりに白い軍手が二つ干してある。だれの手、だれの手といぶかっている、光のなか。

浮かびそうだ。

（光がさせば、光の王国）

琴座

藤棚

藤棚のみえるところで
だれかが手をはなしてくれた
彼女はうつくしい湯気になる
二重唱もきこえてくるだろう
姉のこえも
蕗のとうも
おなじ音楽をしっていた
おなじまぶしい切符を買って
袖のような
ひみつそしきをくぐっていく
小さな罪をうちけして
ちいさなつみは墓地のように
目だつから

じぶんを広げて
青春も蛇のめもかこっていく
その中で
死んだ顔より
ふきのとうがすこし明るい
だれかが綻んでいる
世界のはずれに
藤棚がある

鏡

葱のようにひかって
窪地をよこぎる
見神のひとよ
フルフルと脛がふるえる
最後の肉だ
そしてあしたは人のひとみをくぐるように
まるい村落をとおりぬける
そのまぶしい川原で
聖家族も
笊をあらっているだろう
父おやは青い
母おやは不意の霰を素手にうけとめている
霰も

客も
月からきた
昼の月
あられの音域
じぶんからじぶんへ伝言する舌はうすい
（別人となって橋をわたりたい）
（青い皿のように沈んでいきたい）
（るるると眉間がふるえる）
葱のようにひかって
窪地をよこぎる
見神のひとよ
ふりかえるあなたの
涙痕がみえるとき
子供らはしずかに円卓をかこんだ

小部屋

そこでさびしい手品をおぼえた
鸚鵡がふえる
いもうとがふえる
（死者たちはうすい爪で井戸をほる）
（過去よ）
いもうとは撫子《なでしこ》の種をまいた
いもうとは旅役者に水をあたえた
くらい日づけをおぼえておこう
種子《たね》はおもたい
枕はつめたい
変りはてた姿をあいした日から
青くあおく盲いていった
彼女の青い鳩尾《みぞおち》

彼女のわずかばかりの善《ぜん》
（死者たちは井戸のほとりで赤飯をたく）
（さびしい余興のよるよ）
月がふえる
顔がふえる
月を忘れたいから月を割って
どの顔も妹のかおだからその名をよんで
（死者たちは月と顔とを井戸に沈めた）
（極楽のふいのかたむき）
いもうとが居なくなった小部屋で
鈴を振って
むかしの声をまねた

極光

ふゆの靴をはいて
青い看護婦のように
ひとをにくんだ
ガラスを切るおとこよ
この世をにくむときには
薄目をあけよ
乳母車のほろにも
淡青の毛虫があるいている
乞食のように
唄のように
素通りにはできなかった
ここは空ではない
これは一椀の粥ではない

水草のむこうに
義手をあきなう店もある
偽《にせ》のこころを見やぶって
いっぽんの針葉樹を植える
北の疎林よ
心の仕組よ
こころは切り口に過ぎなかった
職人も
未亡人もひとり息子も
それぞれの天窓をうち砕いた
ひとを憎んだあとでも
窓のように
病棟のかたい鍵は
ひかっているか

光る娘

まるい椅子は貂のようにさそいつづけるけれども娘は立ちすくんだままであった。動けば、流星がじぶんからこぼれていくような、動けば、貂のひとみが明滅して、じぶんをネオンの根もとに置くような、気がして、立ちすくんだまま、娘はじぶんの明るい本をひらいた。流星よ。象牙海岸の食卓のかたむき。塩壺もえびもいちじくも光りながらかげりながらまるい膝におちてくる。訪問の合図だ。蝶蝶ではない吹矢ではない。長身の士官がサフランをさしだしてささやいているのだった。春の針ですよ、お嬢さん。ゆうべ軍服のボタンがぜんぶひかって僕は千本のサフランを妊娠した。サフランをまっすぐ空に向けたまま正しい歩調で象牙海岸をあるいてきた。僕の白貂。僕の鱗粉。あなたの部屋あなたの膝の方角へ千本のサフランがひかるから僕はほとんど失明する。僕のかわりに見てほしい。象牙海岸の食卓が見えてくれば二本のスプーンを置きたいような、海岸のよるが見えてくれば桃色のネオンになりたいような、それともひっそりと象牙の箸でありたいような、なによりも千本のサフランのあいだで迷いたいような、気がして、貂のように娘は駆けだした。靴紐がほどけてそこからも星が流れた。

肌

おんせんの女あるじが
目をあらっている。
あ。大晦日の蛇。
もくてき地まで
柑橘類のようにささやいた。
うろこ。うろこ。
その一まい一まいに
桶のように
よその女がひかっていた
暦はまだあたたかいから
どの一日にも
かるい蒲団を敷きのべることができた
彼女もまたひとつかみの綿《わた》であったろうか。

ああ綿の思想。
竹林のベッド・ルーム。
まつかさ
のような彼女の乳暈。
おんせんの女あるじが
胸をあらっている。
松毬をむねにかくすと
胸が鳴って
あたらしい道があかるくなる。
うしろの蛇。
自由な二の腕。
肌をまるくくるんで
蜜柑になって
簀子《すのこ》をころがる。
いまは無数のおんせん。

夏時間

女乞食も
白魚も
産卵のけはいを帯びている
他国の砂をつけて帰ってきた
ひかりの奥でボタンがはずれて
砂がこぼれて
にんしんしたからだは
ひと坪の庭になる
呼びかける声がほそいから
呼ばれたひとも泳ぎはじめる
白い食器をさがしている
ひとりひとりに恐怖がある
夏のひかりはむすうの白魚むすうの

女乞食をにんしんした
ひかりのなかのあまい棚……
じぶんから伸びる指がじぶんをなぞる時間
最初の卵がみえる時間
砂のおとをききながら
夏の枕をきざんでいる

炎

巫女が孔雀をうけとる
しゅんかん
林道はかげって
燃えるジープを抱いてしまったじぶんは
あした破裂するじぶんであるだろうか
斜面の巫女の
かたい喉よ
孔雀をくぐりぬけるときは
一本の無毛のスプーンであった
みんな死顔
みんな桜
花守といっしょに燃えあがる
あした破裂するだろう

斜面の巫女よ
赤いのどから
あふれる孔雀は
大きな生肉《なまにく》
おおきな言葉
　とつぜん異語を発するものは
突堤にならんで
ねうねうねう
にくしんを呼ぶ
きのうの母は
うすい袂を振れ
最後のはねをひろげて
斜面の巫女はいちめんの
夜火事

さより

ふいに姉の背たけが高くなって彼女のゆくえが
わからない喉笛がまだみえる。

鎮痛のことばはみどり色だ。

ほろほろ鳥のようなひとりごとだ。

「幸福です」

「告白です」

「むねのなかの山水をみせましょうか」

「よるの入江に大きなさより小さなさより
みんな人肌のさかながあつまります」

「ひとりで爪を切っています」

「遠山におとこが見えます」

「遠山のおとこもしあわせです」

夜のむこうに居ても

巡礼に道をおしえることができるだろう。

一列の旗をみおくると
空色のにくたいがほしくなるだろう。

暖簾のようにくずおれた。

喉笛がひかっていた。

「一条《ひとすじ》のさよりとなるでしょう」

「おとうとのからだと」

「小さな墓地をだいていきます」

水のあとは細くほそくあたらしい裏木戸までつづいていた。

沈船

沈みたくなくて
お父さんお母さんは
山椒魚のように指をひろげる。
しずんだ船は甘かったのに。
しずんだ顔は熟していたのに。
舟のようにかたむいて
はらはらとお父さんお母さんは産卵する。
竹やぶにひとり。
サナトリウムにひとり。
いつも双子だった。
ふたりのむねに舟がしずんで船尾からほどけていくだろう
永遠の繃帯。
ああ涙の

フランケンシュタイン。
笹の葉のうえにもういちどお父さんお母さんを産みおとそう。
遠い子どもの
湿布のにおい。
露がゆれる。
竹やぶがゆれる。
サナトリウムで皿がわれる。
青い花も
通り魔も
おそれない日。
お父さんお母さんが食器のように沈む日。

複眼はひえる

賭博場のなわばしごがゆれている。水禽の羽がふくらむ。スペードの女王は薄着である。さいごの卵がぬすまれて彼女の棚は冷えている。彼女を雪柳とまちがえるひとは賭けに負けて帰るひとだ。そのときあらゆるうしろ姿は白い。

おとこに鳥打帽と沈黙が似あうとき女に桔梗のいれ墨とくらい前歴が似あうとき、夢はひとつがいの腰痛であるだろう。鴛鴦《おしどり》は寒い。無常も寒い。だって琵琶法師だって綿入れを着て脛のような林道をながれていくではないか。彼の手法は、大男の話も未亡人の話もおなじ川床で冷やすことであった。大男はふゆの筏、未亡人は氷魚《ひお》、むらさきの無音のくちびるを隠していた。

賭博場のなわばしごがゆれる。朔風のなかでほきほきと骰子が鳴る。負けたときからそざつな恋はできなくなった。女王はえいえんに独身をまもる。律気に下着をとりかえている。川床が痛いので夫と妻はおなじ方角に寝がえりをうつ。子供らはうすい胸で水鳥を囲う。琵琶法師のブルーの耳からはらはらと桔梗の花がこぼれた。

月

まるい山をくぐりぬけて
なにを切りぬいてひかったらよいだろう
ゆうべのすすきが揺れている
はかない手品であった
水芸人よ
まぶしい市場をひとつ沈めて
結婚の伝説をひとつ沈めて
水は若がえるであろう
山のふもとがうるおうよるは
愛人のむねがひかって
野のように
餅のように
月のゆくえをたぐりよせた

なにを盗んでもゆるされる夜であった
袖をほしがっているのは
どこの空家の
ひとかげであったろうか
生きているひとのように
皿のかずをかぞえたい
すすきの向こうを指さしたい
水芸人よ
月がそんなに明るければ
遠まわりするよりほかはない
つぎの閏年がながれてくるまで
月があるかせてくれるだけ

チベット

枯草を背おって
チベットに行った
沼と母音にわかれを告げた
風葬にあこがれるひとよ
ひとすじの繃帯のようにこころはほどけて
じぶんじしんを誰何《すいか》するだろう
だれが枯草を背おって
誰がそんなにかるいのか
白髪の税関吏に
かわいた文法をならってきた
空と箒とのこぎり草
そらを映した彼女の
斜視…ああ

あらゆる窓に
痩せた馬と
ひとつかみの稲があるとき
まずしい僧侶となって
リリックの黄色い
衣を干せ
稲の穂がこぼれつづける
紙の仏が笑いつづける
あなたの傷口がまだみえる
三日月よ
枯草を背おってだれがそんなに軽いのか
チベットの
空のちかくで
さらさらと骨をならした

桃

そんなにまぶしければ
鍵はすててしまってもいい
明るいとびらの数をかぞえている
隣人たちは
桃のように静かだった
真鍮の鍋をみがいている
聖マルコ福音書を読んでいる
ひとの妻をあいしている
逃げてゆくおんなの
からだは
えいえんの夜桜だ
「ゆうべは遠くから夜桜がみえました」
「わたくしたち神の洗濯女になることでしょう」

「神の衣を洗ってそれを夜桜にかけます」
「せかいは薄い布です」
福音は一羽のやわらかい山鳩
はとを煮る真鍮のふかい鍋
鍋をつかむおんなの春の
むね……
もう鍵はいらない
かぞえられない扉の
むすうの
うすもも色をくぐりぬけて
彼岸はそんなに眩しくない
記憶の桃よ

夜桜

みんな盲を追いこしてゆく
むこうにみえるそんなに善いものは
夜桜だろうか
神主の目鼻だちを想像する
神のようだ
神もこの冬は寒がって
空屋を五軒とおりすぎた
もの申すもの申す
にんげんの留守に
散薬もある
おもかげもある
片腕のような月が昇ったそのいきおいで求婚した
花嫁はもうひとつのトンネルだったトンネルをくぐって

すこし疲れてどこへいこうかと迷っている
面影によびかける
それからの内心はわからない
春のかすみだ
めくらのままで戻ってくる
神主のからだをひとめぐりして
夜にふれて桜にふれて
じぶんじしんはうすあかい
襤褸《ぼろ》になって
空屋が五軒
夜桜のむこうで痩せていった

零度

手紙はつめたい手首だった
ひそかに夢を禁じていた
氷点下の
新開地の
剝製屋
猟虎《らっこ》の皮をはぐ
菊のような
ガーゼのような
救世主よ
この毛皮でくるみたい
これが肩肉のむこうのかれの内面の
ブレークファアスト
露を食べることはさびしいそしてわたくしの日常は露にぬれる

つゆ草よ
聖母のうすむらさきの
歯ぐきよ
薄命の
いっぽん道の写真館
せむしの写真師は冬服の客を好んだ
かれら全員のたましいの
零度に
菊のようなガーゼのような
婚姻の傘をささげる
りりりりりりり
氷が鳴くよる
聖母の喉をなつかしんで
ガラスの水差しをかたむけた

みずうみまで

一重まぶたをすこしひらいて淡水湖を見はじめる。ひとりだけのピクニックはひとりぶんのランチをひらく。遠いサンドイッチ、遠いピクルス。五本のゆびをひらくようにまひるの聴覚をひらいてゆく。テーブル・クロスをひろげている。一通の訃報をひらいている。（あなた局長の長男が亡くなりました）大きな玄関で青い眼の使者がほそい帯をさし出している。使者の死、かもめの死、ひとつ死ねばみんな死ぬから、死にたくなくて帯をたぐってみずうみまでと目的をきめた。清十郎さあん清十郎さあん。むかしは呼びかけたりしなかった。清十郎さあん清十郎はそこにいた。鯉のぼりもあがっていた。縞がらの服を着て鯉の口よ。熱月よ。そして芽月がすぎて（芽のようにならんで旅だつひとをみおくった）葡萄月がすぎて（くらい小部屋で旅支度をしていた）霧月はみずうみまでみずうみのような胸をはこんでゆく。みずうみにだって語りかけなければならなかった。その一重まぶたをこすってやること。こころも薄いまぶたにしてひとりごとでこすってやること（この使いなれた手ぬぐい）。たましいはかまってやらない。たましいはかもめだ。清十郎のたましいもながれていった。縞のきものが揺れている。力をぬけば縞目もわからないこころの闇から声にだして悔やみのことばを述べている。（ご子息はジフテリアでお亡くなりだそうで。）なつかしいジフテリア。病みあがりの氷水。客用の食器が鳴っている。みずうみまでみずうみまで。散薬をのみながら。じぶんのために白いサナトリウムも建てたりこわしたりして。ドクトル。ことばは生きたがっている。淡水湖の一重まぶたのしたで一条の帯がくねった。

菊

うしろでに障子をしめて
舟のように
口ごもらなければならなかった
あらゆる方角にいもうとが居る
あらゆる方角は指のようにあたたかい
球根をひとつずつ踏んでいって
おもいがけない駅で
受胎告知にうなだれた
茎のおんなよ
かたむく胸をしばっても
その夜《よ》の螢はふせぎきれない
彼女の囲いにあふれている
神は螢だ

ほたるの火も
舟のひかりも
ふりかえるたびに大きくなる
信じきっているから
うなじが明るい
あたらしい顔で
障子をあけて
球根のほうへ
駅のほうへ
夜の舟を解きはなつ
螢のゆくえを誰が知ろう
とおい吃水線で
菊のように
いもうとが笑った

南部

南がまるい性器であるなら、
そこでひらいた鞄から、
再生のうさぎが走りだすかもしれなかった。
男はおとこの兎におどろくだろう。
女はおんなの兎におどろくだろう。
優しい、揺れる、本、だね。
二の腕をならべて、
洗濯風景もはじまっていた。
覗くひとの鱗粉がまぶしかった。
蛾のはねをふんでひとに会いにいくから、
夜はそんなに毛深かったりするのだろうか。
そのよるの比喩は、
竜舌蘭、だね。大きな葉っぱにくるまれて、呼び子にも、なったね。
優しい、あるふあべっとの、本、だね。
洗濯風景もある。
彼女らの静脈がよくみえた。
草競馬もある。
髭の剃りあとが明るかった。
鞄から大うさぎが走りでた日、
新しい兎に驚いた日おどろいたままで、
最南端まで、
竜舌蘭の根もと、
まで、
信じられないスピードで、
いくつかの溝を越えた。

静物

フラスコの水を見つめる
遠い部屋に泣き女がいる
死者は
死の
瞳だ
ひとしずくの水がほしかったろう
水売りのこえがきこえる
生者の耳かざりがゆれている
静かな生活をおぼえている
従姉たちはしずかにびっこをひいていた
堤防のちかくに映画館があった
洪水がいく度かおとずれた
ひとみのように町がぬれた

水の町に
世襲の娘らがあふれるだろう
林檎のように
庭のように
いくらかの水をふくんで階段をのぼりつめて知る
水の力
（いちばん小さいむすめが鳩をころした）
（鳥籠のある静物）
偏《かたよ》るこころ
（フラスコはかすかな敵意だ）
（祈禱書のある静物）
泣き女は泣きおわって
大股に
死者を跨いだ

水辺

ひばりのひたいも濡れていた
しずくがあまれば
考えるひとの亜麻色のこころに
点滴せよ
四月の
真言の
寺から寺まで
ゆうわくの傘をならべる
さそう言葉はただしい言葉だ
豊頬のひとよ
水はあふれているから
身の上話は
柳の方角に向ける

ちちははの背中
吹きながし
蠟燭の
ひかりのような女のあし
水はひかっているから
ひとりごとのなかでも
木の芽のように
釣師は並ぶ
さそう言葉はふえる言葉だ
吹きながしよ女のあしよ
四月の寺の
淡紅の小窓をかぞえる
傘を回す
その鳩尾の一点からひばりのひたいの高みまで
春の水はかけのぼる

沼

人魚のみみをたべて
月のように
メゾ・ソプラノでうたいはじめる
声よりもはやくこころを変えていた
少年力士の舌もうごいて
いもうとにも従姉妹たちにも
人面の柘榴のありかをおしえる
ああ生まれかわらなくてよかった
待っていれば
柘榴もはじけて
にくしんのことばで語りかける
メゾ・ソプラノで
まるい口で

にくしんの声をまねている
罪があるからやわらかい
力士は
女のこえで
人魚のうでをたぐりよせる
水のむこうのこころの
罪よ
虹鱒よ
ぬれた柘榴をたべよう
ぬれた枕をかぞえよう
母屋もにくしんも水のおくだ
はるの沼よ

日影チャート

死角は切手ほどの大きさだったのにそこで音符のようにママの顔が消えうせた。僕はそのとき雪国のことを考えていたから寒い窓わくでかこまれた僕の顔をそっくりママにあげた。夏のママは雪がきらいだ。夏に雪国のことをかんがえる息子もすこしきらいだ。この顔では笑えないとママが言う。この新しい顔はほらそこの胡椒の瓶のように角ばっている。息子の顔でわらえないママは全身の雪の敵だ。雪をはらうようにママを捨ててみる……人買いのうたがきこえる

〈子供の顔と〉
〈蘭の花は〉
〈月夜のウエハース〉
〈子供のかおは小さな神棚の味がする〉
〈蘭の花は白髪のにおいがする〉

〈ウエハースをかじりたい〉
〈子供の顔がほしい〉
〈人買いの橇がまっている〉
〈息子たちよ〉
〈ウエハースをにぎりしめるものよ〉

ママはまくわ瓜にナイフを入れるところだ。乳房をかくさない夏のママなのにそこにうかぶ静脈が極地の足音であることを知らない。ナイフは極地に向けるものなのにナイフは鳩尾に沈むものなのにナイフは人買いのむねに突きつけることもできたのに。ウエハースの砕けるおとがする。人買いの悲鳴は鶩のように純粋であるだろうか。あ、ママが小さな声をあげた。花のかたちに口をあけた。みるみるママの顔は暗くなってそれはかくじつに僕のかおであった。切手大の日影がちょくせつ僕の喉におちてきた。

雪合戦

口にふくむと
雪は
姉の言葉にかわる
となりの庭につもる雪は
えいえんの眼帯だ
負けいくさよ
負けた日のアスパラガスのような彼女の静脈
わたり廊下よ
春着にも雪の量《かさ》がふくまれていた
碁盤はいちまいの薄氷《うすごおり》であった
半びらきのグリーンのドアを
あねもおとうとも擦りぬける
ひとすじのうすみどりの敵意がある

裏木戸のように
鳶口のようにむじひだった
きょうもうぶ毛がひかっている
鶴をころせば
つるの心を引きよせて
みんなの首は寒い
負けた日の
雪あかりだ
やわらかいあばら骨を
雨あがりの百葉箱を
きょうも横切る
弾丸は
あたらしい昆虫だ
まだ生きていると
姉につたえよ

アフリカ

彼女のペリカンは焦げる
ひとりごとはみんな
人肌のくちばしになる
初恋も五月雨もくらいままで
傘をさして
むすうの黒人の
むすうの胸板をくぐりぬける
音楽てきな密林がある
裏声の
食人種よ
ひみつといっしょに食べてほしい
周辺の扉も
周辺のゆめも

見えかくれする
林道のような
殺意がある
ぬけ道のひとつひとつに
夜の土をもりあげて
緑の耳を植える
五月雨はきこえない
アフリカの枕だ
もういちど泣いて泣いて
むすうの黒人のむすうの胸板をくぐりぬけて
旗のようによみがえる
大粒の涙のむこうで
今日も
彼女のペリカンは焦げる

火山

わき腹のように
偶像はあたたかかった
網戸はひらいたままだから
火の山の生まれるけはいは
いっぴきの犀
ひとりの女友だちにも感じられるだろう
れんあいの書物に
羊歯があふれて
緑のあいだに
歯のようにざんこくな科白《せりふ》もある
熱いタイルをふんでいった
琥珀の数珠をもむひとよ
火傷するひとよ

れんあいの腕であるから
偶像のうでをもぎとってはいけない
湯のようなものを抱く
毛物《けもの》のようなものを抱く
過去ではない
唖ではない
あかるい犀のりんかくをなぞって
愛人ののどを切りひらいて
れんあいのことばは真昼のことばだ
網戸から
火山まで
裸足ではしる
女友だちが立ちさった窓わくに
爬虫類の爪が溶けていた

墓

うすい墓石をささえきれずにいる。
桔梗も
私語も
皮膚いちまいぶんを染めて
むらさきが責める
死人の晴れまに
丸い盆をおきわすれたりする
遊びあいて。
盲女《めくらおんな》のまねをすると春のベンチは草餅になる
出船も出にくかったろう
二人で取りすがっていたから二人が抱きしめていたから
いっしょに舟であったいっしょに盲であった
遊びあいて。

インフルエンザにかかって葱のようなうでに
注射をうっていたあのときの
遊びあいて。
優しい針をもうすこし北にうつして
死んだからだをさがしてほしい。
丸い盆のあるあたり
いちりんの桔梗のあるあたり
うがいの水もながれてくる出船の夜もにじんでくる
死人の晴れまに
遊びあいてのような目をひらいて
鯛泳ぐ。
鯛泳ぐ。

琴座より

一光年むかしということは芹のようなセヴンティーンが昆虫の芹のような触角をみつめていたということであろうか。セルロイドの虫めがねを拭きおわったら哀切な庭がみえてきたということだろうか。昆虫がふるえやまない季節におばあさんの雀斑《そばかす》を恋しがる。虫のように柳のようにおばあさんは死んだ。棺《ひつぎ》に片手を触れたまま（わたくしにも触覚があるから）小学校をとおりすぎ曲り角をまがってすみれ色の川に出た。新任の女教師がふちなしの眼鏡をあらっている。……あそこにながれてくるのはたとえば金星のひとの下着ではないでしょうか。かれらも裸ではないのですね。遠い星の物干しざおがみえてくるのです。とてもさびしい。みほのまつばらはここからは遠いでしょうか……棺《ひつぎ》に片手を触れたまま（わたくしにも触覚があるから）市営火葬場よりはとおいでしょうと答えていた。……蘭丸も百合若も六年B組にいます。ちいさな赤い椀をもって給食をたべにきます。まつばらのちかくに家《うち》があります。宇宙人のようにジャンプします……一光年たったら蘭丸も百合若もじぶんの花の名まえにおどろくだろう。みほのまつばらに花はなかった。おばあさんの骨はあたらしい名札のにおいがした。蘭丸はプラネタリウムの回数券をくれるだろうか。百合若は白犬のように追いかけてくるだろうか。道ばたに空っぽの虫籠をみつけましたとふたり口をそろえて女教師につげるだろうか。おばあさんの棺《ひつぎ》にふれた片手をすみれ色の川ですすいでいる（哀切なわたくしの触覚）。少年あるふあ少年べえたのなまえを呼ぶ。中空にかれらのシャツがひるがえる。女教師はとおい物干しざおをみあげている。川むこうでおばあさんが琴をひきはじめる。ほろほろほろ。一光年むかしということはセヴンティーンの喉がまだうたわないうちから震えていたということであろうか。

【解説】

『琴座』と『魅惑』その「視座の幻惑」

広瀬大志

「幻視者」(ヴィジオネール)と言うといささか当惑するような呼称に聞こえるかもしれないが、詩人はかつて「幻視者」と呼ばれたりもしていたし、詩人自らが「幻視者」たらんと好んで自らの詩作を幻視のベクトルに向かわせていたこともあった。

「存在しないものを視る者」「未知のものあるいはこれから起こりうることを見通す者」という意を持つ「幻視者」の詩人とは、例えばボードレールやランボーや萩原朔太郎や宮沢賢治がそうであったように、意味という宿命を予め背負った言葉の脈絡としての繋がり以上に、いやそれをも幻影の中に引きずり込んでしまうほどに、未知なる新しい風景を、言葉を、我々の眼と鼻の先に差し示した。言葉だけで創り出された無限大の世界を。

そしてその表現を突きつけられたときに、我々は戸惑いつつも、共感をはるかに超え畏怖を伴うほどの感動に、言いようのない悦びを抱いた。端的に言えば、そのような詩に心の底から魅せられてしまったのだ。

結論から先に言おう。

支倉隆子は、「幻視者」（ヴィジオネール）である。

支倉詩の持つ数々の特性。意味を軽々と飛び越えて連結する言葉たち、その未知なる繋がりが描き出す新しい風景。

意思として発せられる言葉が紡がれていくときにあまりにも自然に流れはじめる音楽。小気味よいリズムの（一見フリージャズの即興的演奏のようでありながらも）正確な刻み方、あるいはシンコペーション的脱臼。

それら全てのレトリックによって、読者をまたたくまに異界に連れ去ってしまうような構築性。

しかもそれを堅苦しく険しい表現ではなく、さりげない語り口でユーモラスに成し遂げてしまう。

読者は不安げに幻を彷徨うのではなく、無邪気に支倉詩の舞台に上がり、幻視された世界で踊る。

このような幻視の手法で詩を生み出し続ける詩人は稀有であり、唯一無二であるとも思う。

（光がさせば、光の王国）　（「光の王国」より）

なんという眩しい世界のはじまりなのだろうか。

今回収録されている2冊の詩集『琴座』と『魅惑』について、支倉隆子の持つ幻視性、異界感、そして卓越した比喩のセンスを軸に、追いかけてみよう。

詩集『琴座』は1978年に3冊目の詩集として発行された。初期に位置する詩集でありながら完成度は極めて高く、先述した支倉詩の特性の数々が随所に見られ、伸び伸びと生い茂っているのが認められる。

藤棚のみえるところで
だれかが手をはなしてくれた
彼女はうつくしい湯気になる　（「藤棚」より）

葱のようにひかって

窪地をよこぎる
見神のひとよ
フルフルと脛がふるえる
最後の肉だ

（「鏡」より）

いずれの詩も冒頭の部分であり、あまりにも滑らかで自然な語り口がゆえに、一見読みすごしてしまいそうな詩行たちであるが、ふと足を止めてその景色を眺めてみると、すでにその視線は現実の向こう側を見通しており、不可思議な惑いを与えてくれている。すでに我々は知らないところに来ているのだ。しかも何か懐かしさのような感情さえも携えて。
その感覚はさらに詩集を読み進めることにより、眩暈にも似た言葉の幻術に包まれていく。決してその世界はカオスではなく、言い表すことができない新しい抒情のような心の揺れ方が続く。

そこでさびしい手品をおぼえた
鸚鵡がふえる
いもうとがふえる

（死者たちはうすい爪で井戸をほる）　（「小部屋」より）

ふゆの靴をはいて
青い看護婦のように
ひとをにくんだ
ガラスを切るおとこよ
この世をにくむときには
薄目をあけよ

（「極光」より）

うろこ。うろこ。
その一まい一まいに
桶のように
よその女がひかっていた

（「肌」より）

凄まじく鋭利な比喩たちに見舞われ続ける。どこにも帰結しないようなメタファーの渦。そして個人的体験や人生観さえも、これら幻視の風景を形作るためのファクターに過ぎないほどの、確固とした言葉の屹立。
そして次の詩行には、素直に仰天し大きく笑むと同時に、詩集『琴座』の「視座」の無双の高みに感動したのだった。

彼女のペリカンは焦げる
ひとりごとはみんな
人肌のくちばしになる
（「アフリカ」より）

詩集『魅惑』は、１９９０年の発行。『琴座』と比較すると、異界色は健在であるが、その世界へのリーチの範囲がより近しい場所に狭まってきた感触があり、それに加えて音楽的な言葉のリズムが強まってきていると思う。音楽が言葉と同化する瞬間がいくつもあり、情緒が意味に取り囲まれるのではなく、まるで音楽を鳴らしているようなのだ。しかし文倉詩は決して激しい肉体の音楽ではない。とても冷静に美しく言葉を奏でる。

湿地帯の
水面から

ほぉいほぉいと水蒸気がのぼりつづける。春の。
昼に。
死んだばかりのひとが
麩をちぎっては水に投げている。
（「麩」全行）

「ほぉいほぉい」という音楽が限りなく優しい。そして「死」の時間が「麩」の軽さのように鎮まっていく。この詩は意味を必要としないほどに、音楽が静かに命とはかり合っている。

詩集『魅惑』には実体的な「わたし」が現実的な生活空間の中で幻視的な場を描き、主体的に自らの生と向き合うシーンも登場する。

浮かぶ部屋は
すこし
血をにじませている。
（入り頃です）
（入ってしまえば）

ひとりでいる、賑やかさ。
裸でいる、賑やかさ。
わたしの全身を映すために
水はどのあたりまで来ていますか。
静かに、にぎやかに。

（「魅惑、という部屋」全行）

「魅惑」への向かい方が生きたことへの振り返りと生きることへの選択のようでもあり、たどり着いた安らぎの時のようでもあり、官能的な幻視でもあり、諦念的な現実のようでもある。ただどこにも記されていない「水」の音だけが「にぎやかに」まるで人の声のように生に溜まっていくようだ。

おなじ光の中でいっしょに笑う。笑う口のなかで、るる、るる、
うがい水のように、光が回転する。

（「光の王国」より）

「光」が「水」の音楽を奏でている。このいかにしても視覚化できない風景を、色鮮やかなほど見事に眩しく創る。

もう一度、断言しよう。

文倉隆子は、「幻視者」（ヴィジオネール）である。

文倉隆子の詩の言葉は、存在しないものを視る。未知のものを見通す。

『琴座』と『魅惑』という二つの詩集は、その「視座の幻惑」を明確に「幻視」した言葉の創造物である。

あの世とこの世を往還する――「永遠少女」はどこまでも「発酵中」

福田知子

表題の「発酵中」「永遠少女」はどちらも支倉隆子による書にもなっている彼女自身の言葉だ。内部で絶え間なく発酵し、ぷくぷくと言葉が浮かんでくる。左手で彼女は書きつづける。その字はなんとも面白く、見る人を惹きつけずにはいられない味わいがある。奇を衒っているのではなく「荷札人」同様、そのまま不思議アートなのだ。それらは支倉隆子の存在そのもののようであり、彼女の詩世界への通路でもある。

私は、阿吽文庫Ⅱ「支倉隆子詩集『音楽』／『身空X』」の解説で、「無垢なワガママを基点とする詩世界」と書いたが、今回はそれら支倉隆子の詩の言葉がどのように生まれてくるのか、ということへと想像を巡らせてみたい。

支倉詩を理解するのは難問だ。ではなぜ難しいのか？　ひとことで言えばそこに支倉神話が描かれているからだ。それは日常生活からは遠いが、けっして非現実的ではない。そこにリアリティがきちんと携えられているからだ。一つのこと（事件や発想）から事実と事実の非日常的な結合がうまれ、それまでの常識的で日常的な風景があらたな様相を見せ始める。そこには私たちがパターン化している「文化」をも壊すくらい激しいインパクトがある。でもその破壊力たるやけっして恐ろしいものではなく、むしろ思わず笑ってしまう。私たち読者は、あまりの奇想天外な事実の〝再配置〟からのパンチ力に、ワクワク惹きつけられるのだ。

たとえばカミュの異邦人のムルソーの言葉。人を殺したのは憎かったからでなく「太陽が眩しかったから」というように、支倉詩もまた日常の因果関係を見事に飛び越え、つくりかえていく。それはまるで、一方であの世を垣間見ながら生きていくごとくに。

詩集『琴座』から見ていこう。

『琴座』には「青い」という形容詞がよく出てくる。「父おやは青い」（「鏡」）、「青い皿のように沈んでいきたい」（「鏡」）、「青くあおく盲いていった」（「小部屋」）、「彼女の青い鳩尾《みぞおち》」（「小部屋」）、「青い看護婦のように」（「極光」）、「乳母車のほろにも／淡青の毛虫があるいている」（「極光」）、「青い花も／通り魔も」（「沈船」）等々。

「青い」はこの世のものであって、実在しないもの、存在感のないものとして描かれている。この世にありながら、同時にあの世との通路にもなっている。

さて、最初の詩「藤棚」。ここにはシュールレアリスム的な新しい言葉の提示がある。いわば思想として、イズムとしてでなく、支倉隆子の詩人としての稀有な資質が、結果としてシュールレアリスム的表現になっている。これら神々の哄笑のような、アメノウズメノミコトの踊りのような神話性さえ感じられるほどに稀に見る天才性――たとえば、

藤棚のみえるところで
だれかが手をはなしてくれた
彼女はうつくしい湯気になる

（「藤棚」より）

ひそかに世界を見た者の、明るいヒミツのような幻想的な詩行だ。彼女は湯気＝陽炎的な存在になって、軽く舞い上がる。そうしてうきうきとひみつのあそびをする。世界のはずれにある藤棚のみえるところで、姉と蕗のとうといっしょに――これら、なんという異質並置の妙！　ここにもあの世との通路と幾重にも繋がっている。

つぎに「光る娘」から。これは、童話のような散文詩。ここには「象牙海岸」という言

葉が何度も登場する。おそらくこの詩から発想して、想像を巡らせたのではないかと思う。モダニズム詩人・竹中郁の代表作に『象牙海岸』があるが、この詩「光る娘」からも明るくモダンな印象が伝わってくる。「千本のサフラン」「白い貂」など、ハイカラでユーモラスな言葉の取り合わせも面白い。最終行の

靴紐がほどけてそこからも星が流れた。

（「光る娘」より）

という詩行も銀河のような広がりがあって美しい。

「肌」にも惹きつけられた。

具体的に目や胸をあらうおんせんの女あるじの描写なのに、行と行のつながりが不思議な印象を与える詩。タイトルの肌のことは書かれていないのに、ふっくらとした温かい手触りが感じ取れる。

彼女もまたひとつかみの綿《わた》であったろうか。
ああ綿の思想。

（「肌」より）

突然のようにやわらかな「ひとつかみの綿」、そして「思想」という硬い言葉のドッキング——こうした思いもかけない取り合わせの妙が、支倉詩には多くみられる。そしてこれらには奇異ではなくユニークな軽みがある。

「さより」も印象的な一篇。か細いものの象徴のような「さより」と「水のあと」。しかし、ここには実態がある。

「幸福です」
「告白です」
「むねのなかの山水をみせましょうか」
「よるの入江に大きなさより小さなさより
みんな人肌のさかながあつまります」

（「さより」より）

ひんやりとあたたかい人肌のさかな。幸福な、告白の参集。不思議な道しるべのような。あたらしい裏木戸へつづく水のあと。それらを辿ってゆくとどこに行き着くのだろう。この世とあの世の隙間空間のようだ。

「月」――この詩は、死者の視線からの、月を巡るモノガタリ…であろうか。

まるい山をくぐりぬけて
なにを切りぬいてひかったらよいだろう
ゆうべのすすきが揺れている
はかない手品であった
水芸人よ

（「月」より）

詩自体がはかない手品のように感じる。「水芸人」という言葉が不思議なひびきを齎している。詩の中ほどの「なにを盗んでもゆるされる夜であった」には思わず笑ってしまった。月と水芸人を素材とした妖しくも明るい詩。

最後の散文詩「琴座より」は、書き出しから文倉モダニティを感じる。

一光年むかしということは芹のようなセヴンティーンが昆虫の芹のような触覚をみつめていたということであろうか。セルロイドの虫めがねを拭きおわったら哀切な庭がみえてきたということだろうか。昆虫がふるえやまない季節におばあさんの雀斑《そばかす》を恋しがる。虫のように柳のようにおばあさんは死んだ。

（「琴座より」より）

この詩集の最後を飾る散文詩。芹、セヴンティーン、セルロイド…セ音での韻の踏み方、単語の並べ方がお洒落だ。緑と光のなかにおばあさんの物語が浮かんでいる。蘭丸、百若という花にちなんだ名前の若者も登場して、そこに重ねプラネタリウムの回数券や追いかけてくれる白犬も連想させている。そしてめがねや手をすすぐのは「すみれいろの川」。何ともロマンチックであり、彩が美しく、日本的でもある。

おそらく琴座とは星座のそれでなく、あの世のおばあさんのいるところ、他界したおばあさんが琴を弾くところではあるまいか。

この詩もまた、背景に死があり、あの世とこの世を往還する詩である。そして、ここの主人公のおばあさんは、実在のひとでなく、季節が枯れていくときを、おばあさんに見立てているのであろう。

次に詩集『魅惑』から。

最初の詩「世界――栗と苺のある」から惹きつけられた。まず「栗」と「苺」という素材の妙――しかもそのまま「世界」！　思わず目を見張る。「わたしは黒い目で生きている」という詩行でハッとわれにかえる。このまま世界がひっくりかえるようなインパクトを持つ。

新聞紙でつつんだ
ひとつかみの熱い栗のように
世界がぬっとさしだされる。
（わたしは黒い目で生きている）
　　（中略）
笊いっぱいの熟れた苺を
笊かたむけて
わたしの両手にあけてくれる。

このささやかな落差をなだれおちる、生鮮の、

（溶岩！）

茶黒く硬いもの（栗）と、赤くやわらかいもの（苺）で世界はできているという発想が、なんともユーモラスでしかも美味しそうなのだ。「ひとつかみの熱い栗」「ささやかな落差をなだれおちる、生鮮の、（溶岩！）」――うきうきするような熱い世界がここから出現している。

「ダブダブのパジャマを着て」――このタイトルを見た瞬間、この詩を読んでみたい！と思うのは私だけであろうか？　愉しい予感が満ちてくる。

ダブダブのパジャマを着ているのは小人、そして私も小人。小人はコビトであり、おそらくコイビト。「ザクザクとフリージァが咲いている」春に、海の見える部屋で「あの陸橋！」というどうってことない一言をいっしょにつぶやくしあわせ。なんて愉快なコビトたち、なんて楽しそうなコイビトたち。

たったそれだけのことだけど、つむじ風も、（空耳かもしれない）歌も、あの陸橋をわたってこちらにやってくるものすべてが愉快でまぶしいものに違いない、と思えるのだ。眩し

い春の光に満ちた陽気でかわいい詩。

その他、この詩集では「麩」「魅惑、という部屋」「グリーン・ドア」「古代」にも惹かれたが、最終詩「光の王国」で締めくくりたい。

「(光がさせば、光の王国)」という一行から始まるこの詩は、すべてに光が満ちている。単線鉄道の枕木がぜんぶ光っている。首長竜の背骨のように。私たちの網膜にも光の王国のビジュアルが浮かんでくる。

おなじ光の中でいっしょに笑う。笑う口の中で、るる、るる、
うがい水のように、光が回転する。

光で洗われるってほんとうね。まぶしくってまぶしくって、軽くなりそう。ふわっと、終着駅(と呼ぶのも気がひける)に降りる。

(「光の王国」より)

光の中でふわっと手を離されたようだ。バケツのヘリに干された白い軍手に光の焦点が

当たってこの詩は終わる。最終行――

（光がさせば、光の王国）　　（「光の王国」より）

光の中で始まり、光の中で終わる。終わりのない、影のささない永遠の光。ここでもまた「永遠少女」支倉隆子は「発酵中」だ。たゆみなくふりそそぐ光のごとく。支倉隆子のコトバの光――その詩を読み終えたあとも、それら詩のコトバたちは、私たちの内部でぷくぷく愉しげに発酵し続けている。

【後書】

佐波ルイ

支倉隆子は旅をする。竜頭鷁首《リョートウゲキス》の船浮かべ思い立てばそこに行く。会いに行く。支倉詩のリアリティは彼女が心惹かれた事物がそのようにそこに在るからだ。シュールな飛躍は彼女にはむしろ必然。読者はハーメルンの子どもたちで気がつけば支倉詩の光の王国にいる。複眼はひえ回転する日影チャートに迷い込む。支倉詩を咽喉に転がし昼からポロっと雨滴にして零してごらん。〈山間の駅にずぶぬれの貨車がつぎつぎと入ってくる。／／おなじまぶしい切符を買って／／枯草を背おって／チベットに行った／／この遮断機はめったにあがらない。〉

金井裕美子

『魅惑』から「三月生まれ」を読む。大海老柄の産着を召した三月生まれの赤ん坊は作者。（ゑけ、上がる三日月や）は、沖縄の古謡集『おもろさうし』からの引用。「オモロ（旧ウムイ）」とは、胸中の思いを美辞を連ねて韻律的に表現したものの意。これこそ文倉詩の神髄だ！〈ゑけ〉と囃しつ、祝三月を明るく愛で、謡えば、詩人は幻視を免れない。桜（チェリー）、聖域（サンクチュアリ）＝沖縄へ。沖縄戦の死屍累々へ。兵士の上陸も三月だ。生と死・明と暗・美と醜・聖と俗・虚と実を孕む感性で、事実を支える揺るぎなさが妙。

木内ゆか

『琴座』は一光年の未来へ通ずる白い太古《バイブル》である。完璧なシャーマニズムが漲っている。一方『魅惑』の扉（原色イエロー）を飾るのは、マチスによる女の線描だ。聡明な眉目と豊かで暖かな肉体を持つ女。文倉隆子はシャーマンであると同時に、このように美しい普遍の女性である。「…神さびたよろしさ。…トイレの窓も犬のフンも除外しないそんじょそこいらの風景の見え方である。何を失ったとしても、これだけは失いたくないと思わせるものは何か。」〈個人誌『202』No.12（1998年発行）「遊星発一風景など」より〉

編集＊佐波ルイ
編集協力＊渡会やよひ
長屋のり子
金井裕美子
木内ゆか

阿吽文庫Ⅴ『支倉隆子詩集』

発行日　二〇二五年三月十一日　初版

著　者　支倉隆子

発行所　阿吽塾

〒 090-0807　北海道北見市川東三二―二九

電話 & Fax　0157-32-9120

携帯　090-1526-6811

メールアドレス kyuya@ksf.biglobe.ne.jp

印刷製本　（有）ニシダ印刷製本

〒 590-0965　大阪府堺市堺区南旅篭町東四―一―一

電話　072-350-3866

ISBN 978-4-9913019-6-4 C0192 ¥800E

（定価八〇〇円＋税）